Je n'aime pas les orages

Hans Wilhelm

Je peux lire! – Niveau 1

Regarde ces nuages!
L'orage approche.

Je dois rentrer.

Oh, non!
La porte est fermée.

J’ai peur.

C’est assez!

Je sais ce que je vais faire!

Je vais regarder
l’orage.

Hou!
Voici le vent.

Et voici la pluie.

C’est un éclair.

Maintenant on attend
le tonnerre :
Un... deux... trois...
Le voilà!

BOUM!
BADABOUM!

C’était formidable!

Oh, il ne pleut plus!
C'est déjà fini.

Je suis BRAVE, BRAVE, BRAVE!

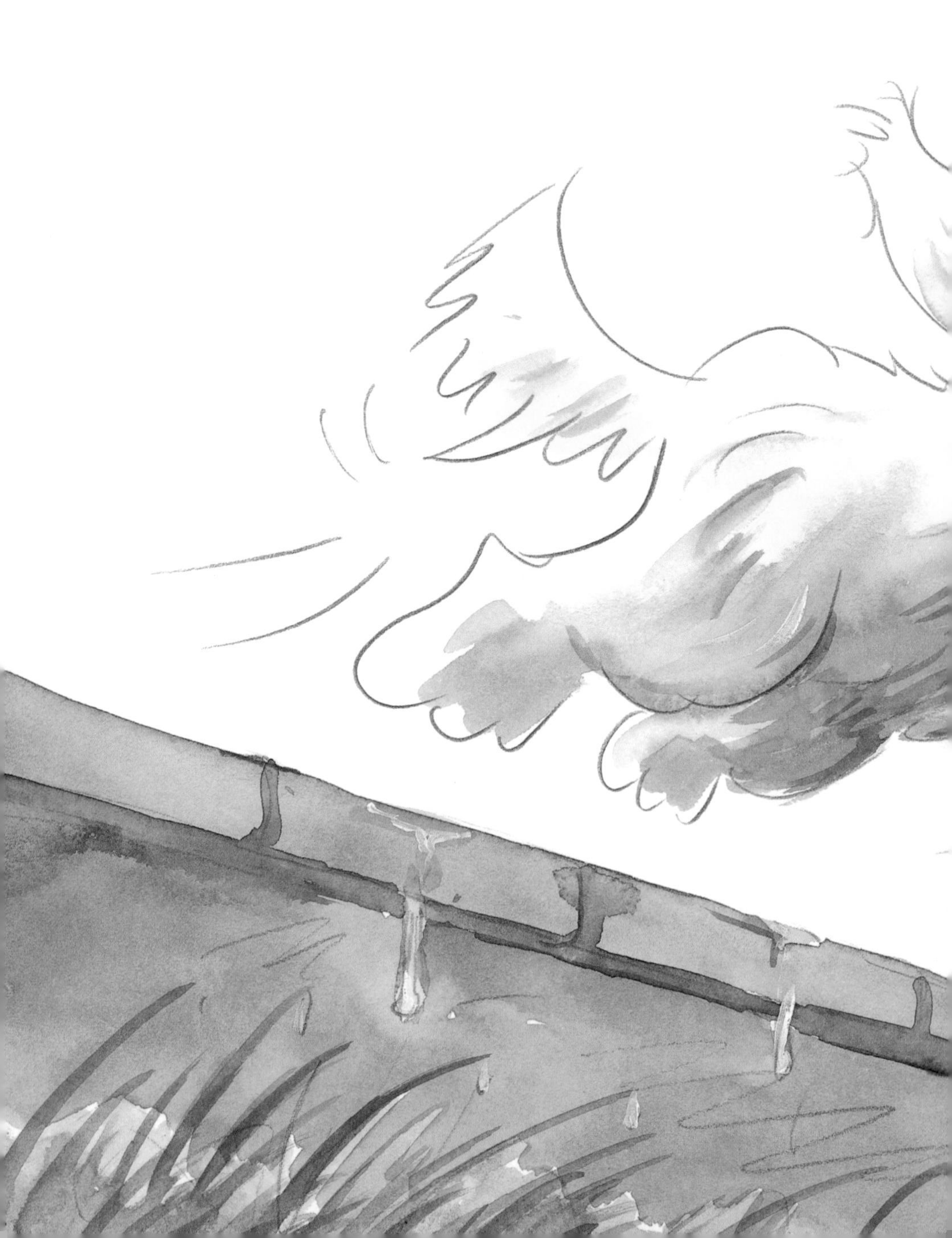

Je n'ai plus peur
des orages!